Ceci est la **PARODIE**

authentique, exacte et véridique du

DIABLE A QUATRE

avec Costumes, Décors et Accessoires
analogues au Sujet

ENTRE AUTRES MERVEILLES VOUS Y VERREZ
LES **PORTRAITS** TRAITS POUR TRAITS DES 4

GRANDS DIABLES

VILLEMESSANT   DUCHESNE

LOCKROY   MEPHISWOLFFELES

sans compter une légion de diables,
diablesses et diablotins dessinés par les
premiers artistes du monde. — On n'a
pas le désagrément d'attendre, et tout le
monde est placé, assis commodément.

SUIVEZ, SUIVEZ, SUIVEZ LA FOULE !!!!!

C'est! C'est!
C'est à **4 Sous !**

PARODIE

DU DIABLE A QUATRE

EN VENTE AU BUREAU DE *L'ÉCLIPSE*

16 — RUE DU CROISSANT — 16

1868

Paris. — Imprimerie Towne et J. Vossen, rue d'Aboukir, 9.

NOTRE PRIME

J'arrive de Nice pour me consacrer tout entier au *Diable à quatre sous*. Il fait cependant bien bon dans ma villa de Nice, — car, dussé-je me faire de nouveaux ennemis, j'avoue que je possède une villa au bord de la Méditerranée.

Je n'avais pas besoin de parler de ça, dites-vous. — Que vous êtes naïfs ! — Mais si je possède une villa sur le bord de la Méditerranée, — et qui m'a coûté fort cher, savez-vous bien, — c'est que j'ai un journal très parisien, très vivant, très acheté. — Et si Mon journal est très lu, très répandu, c'est parce que Mes rédacteurs sont les hommes les plus spirituels du boulevard. — Et si Mes rédacteurs sont si spirituels que ça, c'est parce que je ne les attache pas avec de la charcuterie, savez-vous bien. — Je les paye comme des préfets de première classe, parole d'honneur; et pas avec des monnaies démonétisées; encore moins avec des pièces du pape, — bien que toutes les monnaies, comme toutes les ambitions, soient très respectables du moment qu'elles sont en argent.

D'habitude, quand je reviens de ma villa de Nice... Qu'est-ce qui vient donc me déranger ?... Ah ! la veuve d'une danseuse de Mabille... Adrien, donnez-lui donc vingt-cinq louis, à cette pauvre femme. Je n'ai que ça sur moi...

Où en étais-je donc ?... Ah ! public ingrat, si tu savais à combien de dérangements sont exposés les hommes chargés de ton éducation littéraire et politique ! — Trop heureux encore quand ces dérangements nous fournissent l'occasion de soulager, comme je viens de le faire, de grandes infortunes...

Je reprends ma chaîne. — Notre prime, une prime exceptionnelle, d'un bon marché incroyable... Dites-donc, Magnard, il y a un mot à faire avec notre prime et celui de la Catalogne... Vous ne saisissez pas ?... *Prime, Prim !...* Arrangez çà pour la fin de votre prochain article; çà sera très neuf et très drôle.

Mon Dieu ! que toutes ces interruptions sont donc importunes ! Ah ! ce n'est pas une petite besogne, allez, que de diriger une feuille aussi importante que le *Diable à quatre sous...* Je reprends. — Notre prime, une prime exceptionnelle, d'un bon marché incroyable, va être délivrée dans nos bureaux à partir de la semaine prochaine.

Je trouve qu'il est joliment naturel que les acheteurs au numéro jouissent de la même faveur que nos abonnés. Ils ont donc droit à une indemnité... Adrien, rentrez la grosse caisse, il pleut... Ah ! dites-moi donc... Savez-vous le nom de ce pauvre diable à qui ce

matin j'ai donné une aumône de cinq louis?... Non!... Vous m'é-
tonnez!... O mon Dieu comme le cœur de l'homme se dilate,
quand il peut répandre, ainsi que je l'ai fait dans cette circonstance, les trésors de sa générosité sur de grandes infortunes!...

Puisque le hasard amène ce dernier mot sous ma plume, je m'en
servirai pour l'appliquer à un illustre personnage que la révolu-
tion d'Espagne vient de précipiter dans les sentiers pierreux de
la fuite et de l'exil. Vous avez deviné de qui je veux parler, lecteurs perspicaces. Cette grande victime de l'amour et de la révo-
lution, c'est, puisqu'il faut l'appeler par son nom, le seigneur
Marfori.

Je ne me souviens pas de vous avoir jamais parlé de ce noble
Espagnol que j'aime, que j'honore, que je vénère; et, voulez-vous
que je vous le dise sans coquetterie? Blague sous le bras, j'ai
idée qu'il m'aime bien aussi, quoique jusqu'à présent je ne lui
aie rendu aucune espèce de services. Mais il est arrivé le moment
de venir en aide à l'exilé. — Je sais bien que mes détracteurs ha-
bituels, les ennemis du succès, vont crier que, monté sur les tré-
teaux de mon journal,.. (Adrien, sortez la grosse caisse) de mon
journal, je bats la caisse de la réclame et de la spéculation sur le
dos d'une grande infortune. Qu'importe? — Laissons baver les
impuissants. La lime peut-elle empêcher le serpent de mordre
son acier?

Donc, à partir d'aujourd'hui, une souscription est ouverte dans
les colonnes du *Figaro* et du *Diable à quatre sous* pour acheter au
seigneur Marfori, une grande ferme en Normandie pour l'élevage
des bêtes à cornes.

PREMIÈRE LISTE

Le *Figaro*.	1,000 francs.
Moi.	40 louis.
Le *Diable à quatre sous*.	200 francs.

Allez, la musique !

Gros distrait que je suis, je m'aperçois que j'allais signer cet article sans vous avoir dit en quoi consiste notre prime exceptionnelle et d'un bon marché incroyable.

Décidé à ne reculer devant aucun sacrifice, je me suis abouché avec l'une des plus importantes maisons de comestibles de la capitale ; ce qui me permet d'offrir à tous les abonnés d'un an :

Un hareng saur, n'ayant pas encore servi, et une excellente tartine de mélasse, ou de Jouvin, mon gendre, au choix.

Pour les abonnés de six mois, le hareng-saur sera remplacé par la collection complète des œuvres de madame Olympe Audouard.

Aux abonnés de trois mois nous réservons un lavement à l'eau de javelle édulcoré avec quelques gouttes de trappistine.

Tout acheteur au numéro qui justifiera qu'il a été vacciné, qu'il ne s'appelle pas Théodule et qu'il n'a aucune relation avec Louis Veuillot, recevra une poignée de main de MOI.

H. DE MILLE ET-CENT.

LETTRE INDÉPENDANTE

C'est fini de rire. Il faut que j'entre dans la peau d'une homme sérieux : le coq de notre grand frère jumeau, je veux dire le maître d'hôtel du vrai *Diable à quatre*.

M. Alphonse Duchesne n'est pas du bois dont on fait les plaisantins. Bien au contraire. Il n'a pas le style précisément récréatif. Non qu'il ne puisse l'avoir — car il est homme à faire tout ce qui concerne son état. — mais il ne daigne. Sa marque de fabrique est : « *pur et profond,* » Il gratte et il creuse. Il n'effleure pas ; il pénètre. Fouet ? nenni ; vilbrequin ? sans doute.

Littérateur fourvoyé dans la presse, avec plus de courage à la

« pioche » il eût été peut-être un écrivain. Né discoureur, il élabore des articles, massés en quatre points — sans virgules. Vaillant et fier-à-plume, il ne recule ni devant l'idée, ni devant le mot. Mais on a jeté de la poussière dans son encre, et ses pattes de mouches sont d'un gris, mais d'un *gris* à faire frémir saint Laurent lui-même.

Aussi n'a-t-il pas plus que son compère Jouvin la note traditionnelle du *Figaro*. — « Traitez votre pensée comme Dieu traita ses montagnes : des fleurs dessus, du granit dessous, » disait Vacquerie. Aujourd'hui la matière abonnable se soucie autant du granit qu'un cloporte d'un irrigateur ; seules, les fleurs l'attirent et la retiennent. Hélas! M. A. Duchesne est à couteaux tirés avec la Flore intellectuelle.

Il y a toutefois un petit nombre de lecteurs pour qui son dire fait autorité — étant dire de poids. Ceux-là sont tous cravatés de blanc. Leur estime lui suffit. Chose bizarre, puisque le blanc n'est pas sa nuance favorite, encore que son père nourricier — le **2900** du *Tintamarre* — la porte... aux nues. On assure, en effet, que feu *Junius* a des principes couleur de sang. Ce qui ne l'empêche pas d'afficher, en littérature, une collection très édifiante de petites nausées, à l'endroit des choses « incuites ». — A preuve son très fougueux éreintement de *Thérèse Raquin*.

Il est vrai que ces sortes d'antithèses se rencontrent fréquemment de par le monde ; vrai, par exemple, que Lassouche — corbillard dans la vie privée — est en scène un comique désopilant, et que, par contre, M. de Tillancourt, le mandataire de l'Aisne — extra-grave à la Chambre — a, dans l'intimité, des gaietés de vélocipède. A ce compte-là, pourquoi s'étonner que la nature ait accommodé la cervelle de notre héros suivant deux recettes différentes : — à la sauce tomate, le côté politique ; à la sauce blanche — sauce câpres — le côté littéraire ?

Donc, M. A. Duchêne prend tout à fait au sérieux la mission qu'il s'est donnée de dire son fait à tout ce qui relève de l'opinion publique. Encore un peu, et nous le verrions vider toutes ses glandes lacrymales le long des actualités courantes. Bref, il nous la fait a l'Hraclite dans la feuille Démocrite par excellence, qui prendra tôt ou tard, pour enseigne : *Au rendez-vous des Communiqués*.

Aussi, est-ce mon droit d'être furieux, alors que, sur cette prose triste et gourmée, je ne trouve pas la moindre paillette pour illuminer un peu le présent griffonnage ! Il m'eût été doux de faire ici quelque parodie : mais quoi ! la parodie étant le grossissement exagéré des reliefs de l'original, d'une part, et, — d'autre part, — les reliefs de l'original n'étant pas du tout follichons, qu'aurais-je obtenu ? Un pastiche d'autant plus lugubre qu'il eût été mieux réussi. Ce n'était pas à faire,

Donc, j'ai dû me résigner à crayonner un simple croquis du sujet. Rien de plus, n'ayant pas trouvé le joint pour en faire, soit un bronze à la Barye, soit un zinc à la Gill — suivant la vogue du jour,

JULES DEMENTHE.

PROPOS TRÈS MENUS

On connaît la malheure'use passion de la plupart des personnes couronnées pour la sue ur du peuple. C'est un fait constaté. Tous les journaux austères o nt fait, sur ce goût que je suis encore loin de partager, bien que j'ai me beaucoup mes frères, y compris le *padre* Veuillot, des tirades aussi longues que des trains de plaisir.

Un litre, le matin, avant de monter sur le trône, pour tuer le ver de l'anarchie; un autre litre, le soir, avant de déposer le sceptre, telle est la dose des rois sobres, ou que les potins effrayent.

Pourtant, il n'est point rare de lire dans les feuilles même offi-
cielles, le lendemain des révolutions :

— « Hier, un prince qui s'était mis dans un état inqualifiable
par de trop copieuses libations, a été trouvé endormi à la porte de
son gouvernement. »

Mais de tels excès sont rares. En France, par exemple, on ne
cite qu'un seul souverain qui ait perdu la tête à la suite d'une
orgie de cette nature.

Cette année la vendange est exceptionnelle partout. Jamais la
sueur du peuple n'a été aussi abondante. Toutes les espérances
sont dépassées. Le soleil a bien fait les choses.

Quant à la qualité de la sueur de 1868, elle est vraiment mer-
veilleuse.

Déjà dans les palais où elle est consommée, à l'état capiteux de
blanquette, ce ne sont que *festons*, ce ne sont qu'astragales, comme
dit le poëte.

Et, cette année, si les rois s'en vont, du moins ils s'en iront en
décrivant des zig-zags, ce qui sera plus joli.

Voici, comme preuve à l'appui, une lettre adressée, par un souverain auquel je ne veux pas faire de réclame en le nommant, à à un de ses voisins, un Monselet par la grâce de Dieu :

« Cher cousin, venez donc goûter d'un certain quartaut de « sueur du peuple qu'on vient de m'envoyer de la province (chaix « du Midi). Nous rirons bien. On boira ça au dessert, en croquant « des emprunts nouveaux. »

On m'affirme que le chef d'une religion, habituée autrefois à brûler ses ennemis à petit feu — (toujours des économies aux dépens du pauvre peuple !) — aurait ajouté ce *post-scriptum* à la lettre :

— « Nous en déboucherons une de derrière mes fagots. Je ne « vous dis que çà ! C'est du nanan. De la sueur de la comète ! »

Pour changer de sujet et ne pas sortir du grand monde où je suis entré depuis quarante lignes, je termine ces menus propos par un coup d'œil jeté du côté de l'Espagne.

Qu'on se rassure ! ma prunelle s'arrête à Biarritz.

Un spectacle étrange va profondément stupéfier les derniers habitants de cette plage aristocratique où tout est si bien rempli d'artifice qu'on en pourrait composer un joli feu pour le quinze août.

Le lever du rideau aura lieu immédiatement après le départ du Chef de l'Etat.

Aussitôt que le Chef de l'Etat aura posé le pied dans son wagon, on verra soudain, ô délicieuse surprise ! la mer bleue s'arrêter dans son mouvement, comme si elle se prenait à réfléchir.

Puis, du sein des vagues, telles des fleurs écloses, sortiront une à une, des têtes bien connues, aux moustaches paisiblement cirées.

Ce sera à se croire à la Porte-Saint-Martin, pendant un entr'acte du *Fils de la Nuit*.

Ces têtes, et les corps décorés qu'elles surmontent, jetant de côté, négligemment, la toile verte qui sur leurs membres robustes simulait les flots de l'Océan grondeur, se dirigeront d'un pas rapide vers la grève, et de là, d'un pas non moins accéléré, du côté de la gare pour Paris et la ligne.

Leur rôle est terminé. Ils s'en vont dans une autre patrie, ces dévoués serviteurs !

Ne les pleurez pas, ô bons habitants de Biarritz, vous les re-
verrez l'an prochain.

Mais quand vous entendrez dorénavant, au théâtre, ces mots
terribles : — *Et la mer montait toujours !* — Rappelez-vous que la
mer monte également chez vous, seulement c'est en chemin de
fer, à la fin de la saison.

ÉDOUARD LEAU CROIT.

LE SPECTACLE DES INFORTUNES

Mon excellent ami Arnault, — de l'Hippodrome, — vient ·d'en-gager *en représentation* les deux ex-reines Isabelle : celle de la Maison d'Or et celle de la maison de Bourbon ; la bouquetière du Jockey-Club et la *bouquetée* du Saint-Père, toutes deux cousines par le malheur et par les roses achetées ou vendues... — Le digne seigneur Marfori, qui accompagne cette dernière comme M. Stra-kosch accompagnait jadis la marquise de Caux, alors que celle-ci n'était encore fiancée qu'à l'Art, sera nécessairement de la partie. Ce brave Arnault tenait décidement à clôturer par un grand coup! Voilà M. Dejean bien contrarié dans sa réouverture! Quel intérêt voulez-vous, par exemple, qu'excitent le *saut des bannières* par Mlle Angélina et le *travail sans selle* par la petite Neuwit, en face du spectacle émouvant de ces deux grandes infortunes? Le spec-tacle sera, n'en doutons pas, non moins goûté du public que celui de la *petite guerre au camp de Châlons*. La salle est retenue d'a-vance pour cinquante représentations. Devant un pareil empres-sement, l'administration de l'Hippodrome s'est vue dans l'obliga-tion de supprimer son orchestre, sa claque et ses entrées de fa-veur.

* *

C'est par l'active et habile entreprise de l'agence Kuschnik et Cᵉ que s'est conclue cette importante affaire.

Le *Messager des Théâtres* annonçait que les célèbres virtuoses étaient libres d'engagements. Les brillants succès d'Isabelle Jʳᵉ à Longchamps, à la Marche et à Chantilly ne l'avaient point empê-chée d'être victime d'une cabale organisée en faveur d'une débu-tante sortie hier du Conservatoire. Quant à Isabelle II, elle avait dû résilier avec Madrid à la suite de manifestations bruyantes, contraires à sa dignité et à ses intérêts. Cette résiliation avait amené un changement de direction.

D'abord, M. Arnault télégiaphia à Pau :

« *Six cents francs au prorata, — castagnettes fournies, — pas de feux, — un bénéfice.* »

Le seigneur Marfori répondit aussitôt :

« *Pas de prorata, — appointements assurés, — des feux, beaucoup de feux, immensément de feux, — pas de rôles de complaisance, pas de figuration, pas de chœurs, — un bénéfice avec plateau.* »

— Il faudra que je vende mes chevaux, pensa M. Arnault. Mais bah ! signons toujours !... Nous plaiderons après.

*

* *

La Compagnie espagnole amène son répétiteur, le *padre Claret*, et son souffleur qui est une femme, la sœur Patrocinio. Elle débutera dans une pantomime militaire de MM. Dollingen et Auguste Maquet. On y dansera *El prunciamiento de Cadix* et la *Junta aragonesa*. Au dernier tableau, *balai général*.

Iturbide fils tiendra le plateau à la porte. Notre Isabelle, qui a spontanément offert son concours à son auguste camarade, chantera dans un intermède *les vingt saqûls de Périnette*. Les frères Lionnet joueront *le Théâtre au fusain*. Enfin, comme dans toutes les représentations à bénéfice, la soirée se terminera par une saynète de circonstance où paraîtront *à cheval* les principaux comiques et les plus jolies actrices de Paris. Cette saynète s'appellera : *Un punch dans les bureaux de l'Univers ou Hamburger embêté par Veuillot.*

On sait que la plupart des artistes ont l'habitude d'assister — coûte que coûte — aux débuts et rentrées de ceux de leurs collègues qui tiennent le même emploi qu'eux...

C'est ainsi que Mlle Blanche d'Antigny acclamait Hortense Schneider, l'autre soir, dans la *Périchole*, et que, dernièrement, le petit Laferrière se faisait conduire à la Porte-Saint-Martin pour applaudir son jeune ami Roger dans *Cadio*.

Pour l'apparition des Isabelle à l'Hippodrome, l'avant-scène de droite a été louée à Mlle de La Périne et celle de gauche à M. Olozaga.

MÉPHISWOLFFPHÉLÈS.